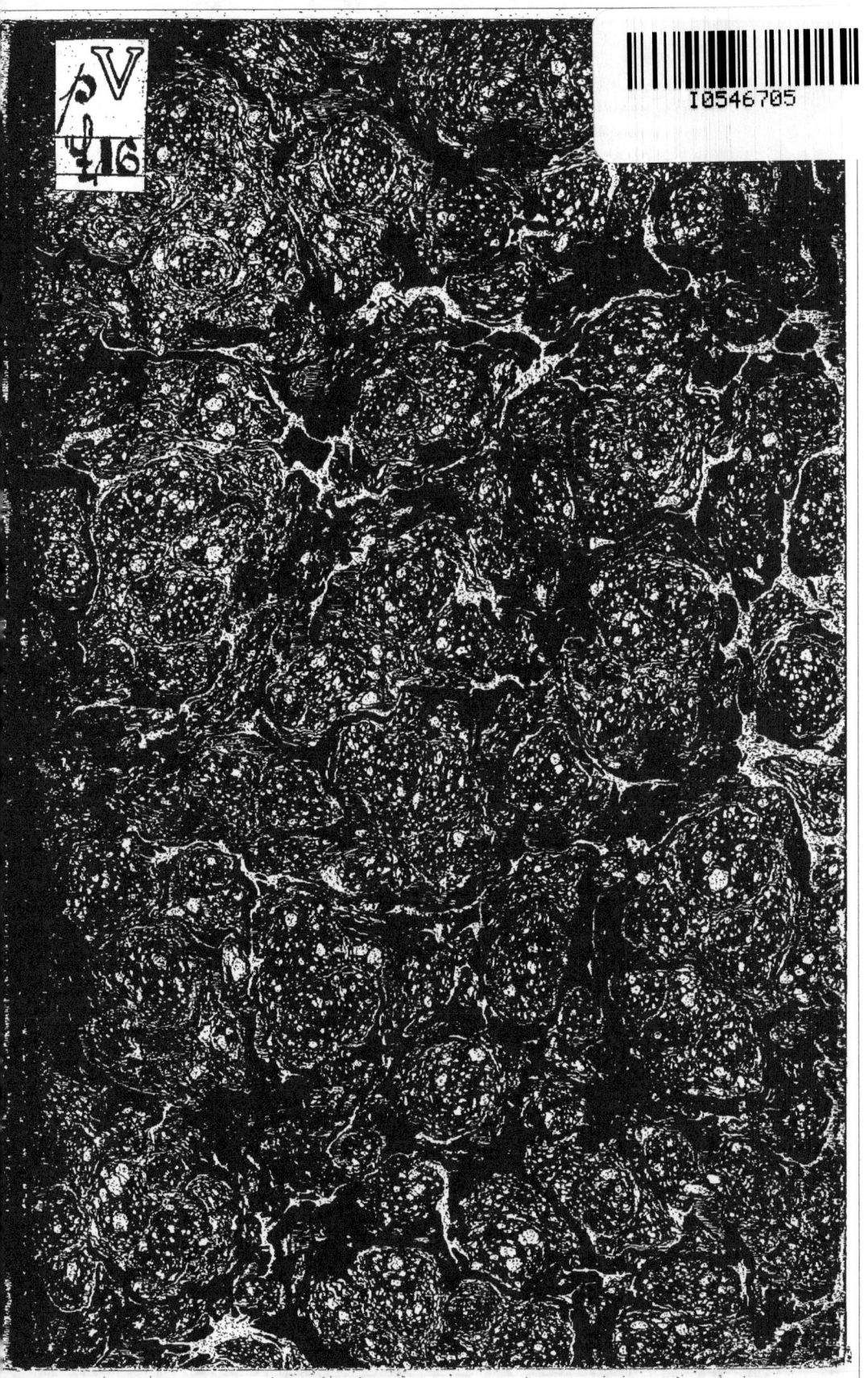

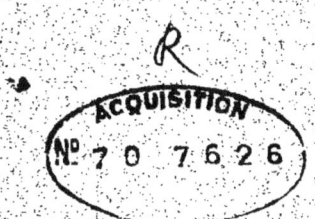

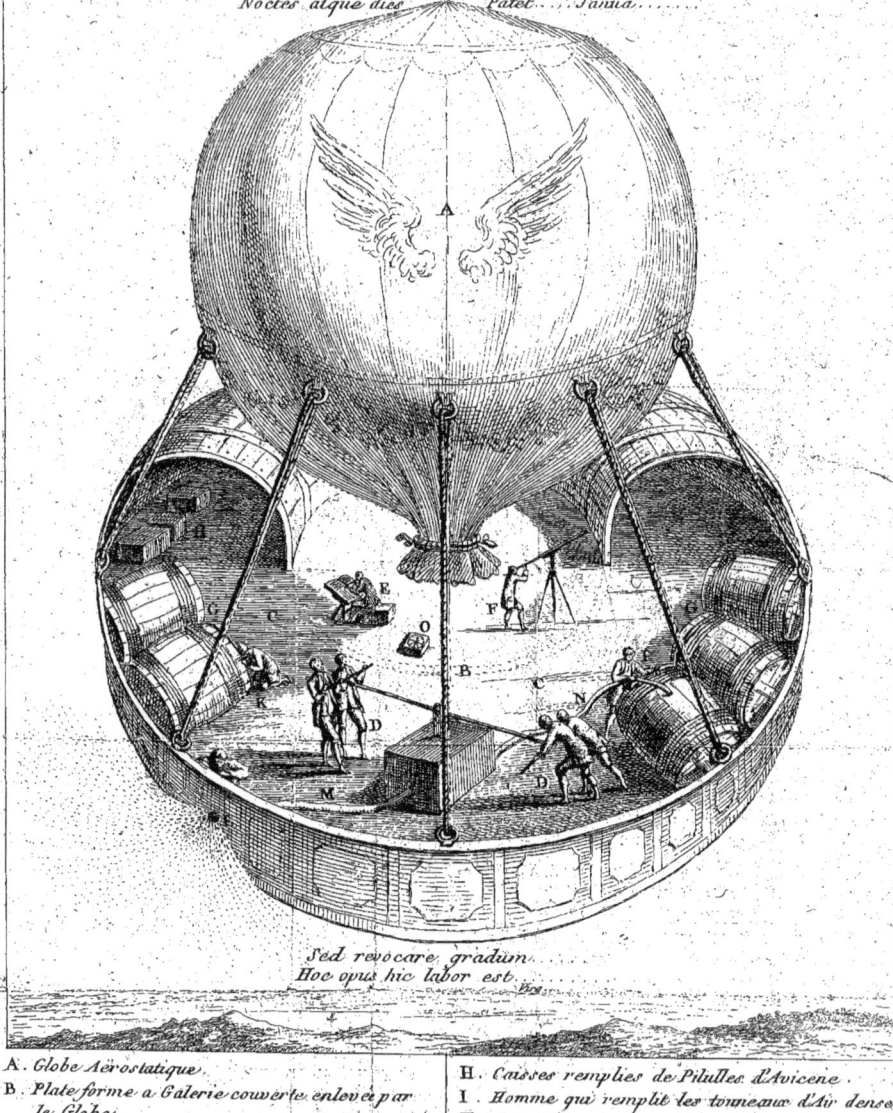

Facilis ascensus

Noctes atque dies   Patet   Janua

Sed revocare gradum
Hoc opus hic labor est

A. Globe Aérostatique.
B. Plateforme a Galerie couverte enlevée par
le Globe.
C. Partie de Galerie Supposée découverte.
D. Pompièrs.
E. Sçavant qui fait le Journal du Voyage.
F. Observateur.
G. Tonneaux remplis d'Air dense.

H. Caisses remplies de Pilulles d'Avicéne.
I. Homme qui remplit les tonneaux d'Air dense.
K. Sçavant qui se remplit d'Air dense.
L. Trou dans le quel l'Air rare Exterieur est
attiré et se densifie en y passant.
M. Tuyau dans le quel passe l'Air aspiré.
N. Tuyau dans le quel passe l'Air refoulé.
O. Boussole.

LETTRE

A M. DE ***.

Sur son Projet de voyager avec la Sphère Aërostatique de M. DE MONTGOLFIER.

AVEC FIGURE.

> . . . . . . *Nil mortalibus ardui est*
> *Cœlum ipsum petimus.* . . . . Hor.

A AÉOROPOLIS,

Sur la Place des Nues, chez ZÉPHIROLIN le jeune, Imprimeur-Libraire & Relieur de Sa Majesté Aiglonne.

ET se trouve à PARIS,

Chez les MARCHANDS DE FEUILLES VOLANTES.

L'An de la Lune.....

LETTRE

A M· DE***·

LE siècle de Louis XIV étoit destiné au perfectionnement dès Arts & des Lettres ; mais les grandes découvertes, dans les hautes Sciences, étoient réservées au siècle de Louis XVI.

L'Electricité , le Magnétisme, tant élémentaire qu'animal , les Longitudes, l'Art de séjourner, de marcher & d'opérer sous les eaux , enfin le Globe d'air inflammable , semblent avoir arraché à la Nature tous ses secrets, & rendront immortels les Franklin , les Nolet & les Brisson, les Comus, les Mesmer, les Cook, les d'Arsan & les Mont-golfier ; mais il n'est rien qui ne tende à un but, & ce but est en raison proportionnelle avec sa source.

Qu'Arlequin , par exemple , m'amuse par un lazzi , Mademoiselle Dorneval par une saillie , un de nos Agréables par un joli ridicule ou par un calembourg , leur futilité a réglé leur sort ;

ainſi que ces inſectes mi-partie du néant & de l'Etre , qui ont alimenté pendant quarante ans les Iſraélites dans le déſert , & actuellement abandonnés aux poiſſons , l'inſtant qui les a vus naître doit les voir mourir. Il n'en eſt pas ainſi de ces efforts de l'eſprit humain , qui ſemblent ne plus laiſſer qu'un léger intervalle entre la Créature & le Créateur ; ils doivent avoir un but eſſentiel , une utilité réelle & durable. L'E-lectricité & le Magnétiſme marchent à grands pas vers le leur , au-lieu que le Globe ne nous préſente juſqu'ici qu'un canevas d'amuſemens. Les premiers , à la vérité , ont acquis , par le temps & par des expériences réitérées , un degré de maturité que ne peut avoir celui-ci qui ne fait que d'éclore.

J'apprends , avec autant de plaiſir que d'admi-ration , Monſieur , le projet archi-patriotique que vous avez formé , de tirer du Globe de M. de Montgolfier toute l'utilité dont il eſt ſuſcep-tible , en parcourant avec lui les plaines de l'air , & que le ſort des deux audacieux , qu'Ovide a rendus célèbres , n'a rien qui épouvante votre grand cœur. Que l'on diſe à préſent que la France n'a pas ſes Curtius. Encore eſt-il plus noble de périr avec les Sylphes qu'avec les Gnomes.

» Mais. . . . . . . te ſerois-tu flatté
» D'effacer Oroſmane en généroſité ? »

Je veux vous prouver , Monſieur , que je ſuis auſſi bon Citoyen que vous. O , pouvoir de l'é-mulation ſur les belles ames ! je veux être votre coopérateur ; je veux plus , je veux partager vos dangers. Mais il eſt de notre prudence de les diminuer autant qu'il fera en nous ; car, s'il eft glorieux de facrifier fes jours à la Patrie, il eft bien plus avantageux, & pour elle & pour nous, de lui facrifier nos veilles. Revenons à notre Globe.

Le gaz inflammable eft un arbre que M. de Montgolfier a planté ; cela eft malheureux pour vous & pour moi, puifque la palme appartient à l'Inventeur ; mais il étoit réfervé à notre audace de le greffer cet arbre & de lui faire porter des fruits. Ne pourrions-nous pas partager, avec notre nouveau Dédale, cette glorieufe palme ? Loin de nous cependant l'idée de lui difputer fes droits ; de pareils lauriers ne peuvent fe cueillir que dans les Champs de Mars.

Ne différons point notre départ.

« Quand on a fçu former de tels projets,
» C'eft mourir que d'en voir retarder le fuccès ».

L'Univers a les yeux fur nous.

» Montrons Héraclius au Peuple qui l'attend ».

Les chemins nous font ouverts ; il ne nous faut plus qu'une voiture & commode & docile ; c'eft à quoi nous allons travailler. Vous avez, fans doute, Monfieur, bien digéré le plan de la vôtre ; mais permettez-moi, pour notre fûreté commune, d'ajouter, à vos fublimes travaux, quelques légères obfervations.

Songez que fi elle n'eft à l'épreuve de tout, elle eft mauvaife de tout point ; car nous ne trouverons fur notre route ni felliers, ni charrons, &c. n'oubliez pas que le plus petit accident peut nous faire trébucher, & que fi nous trébuchons, nous courons rifque de nous eftropier, ne tombaffions-nous que de 1500 toifes. Et, fçavez-vous ce qui

nous attend , à notre arrivée ? les huées des Philofophes qui n'auront pas ofé nous fuivre (car il
n'y a que les braves qui foient compatiffans) & qui
pis eft, un bon procès de la part du Meffager Boiteux,
& que nous perdrions ; car enfin , il a le privilége
exclufif d'être à-la-fois & Meffager & Boiteux.

Penfons donc d'abord à la folidité de notre machine. Au refte , fi nous périffons dans une fi *haute*
entreprife, nous aurons frayé la route à d'autres plus
heureux, nous nous en confolerons avec les premiè-
res Compagnies de Grenadiers qui attaquent un ra-
vin , & nous partagerons avec eux la gloire d'avoir
fervi de pont à celles qui l'ont franchi. Mais
fuppofons la folidité de notre machine ; fuffit-elle ?
Non. Je vois encore quatre points *cardinaux* ,
fans lefquels il faut renoncer à notre voyage ou
mériter d'être mis à l'ellébore pour toute nour-
riture. Ces quatre points cardinaux les voici :
provifion de vivres ; autre provifion d'air analogue
à nos poulmons ; direction , en dépit des courans,
car il en exifte fans doute dans l'air, comme dans
la mer ; & le retour à volonté , fans quoi nous
nous trouverions , dans un moment quelconque ,
mais auffi certain que fatal , ou dans les fables de
la Libye , ou dans la machine pneumatique , ou
dans un vaiffeau défemparé de tout , au milieu
des mers : encore fur mer a-t-on quelque efpé-
rance d'être rencontré & fecouru , au-lieu que
fur air nous fommes certains de n'être rencontrés
par perfonne , puifque nous ferons les premiers
& probablement les feuls Voyageurs de notre
efpèce. Qui donneroit de nos nouvelles à nos pa-
rens ? Je ne parle pas des vôtres, Monfieur ; mais
quel défefpoir pour les miens d'être privés du plaifir
de pleurer fur ma tombe ?

Il me semble , Monsieur , que voilà , à-peu-près , toutes les difficultés ; & , difficultés prévues sont , comme on sçait , à moitié vaincues.

Nous ne sommes pas d'ailleurs les premiers qui ayons tenté ce voyage. Ce qui s'est fait peut se fait encore. Cirano , & un Andalous , dont j'ai oublié le nom , l'ont fait avec le plus grand succès , puisqu'ils sont arrivés *incolumes* au globe de la Lune. Je connois leur machine , mais nous ne nous en servirons point , puisque la nôtre , forte-ment & solidement attachée au Globe , n'aura besoin , comme nous l'avons dit , que d'approvi-sionnemens & de direction , pour vivre , voyager , spéculer & revenir. Ils feront nos modèles ; car il nous faut , ainsi qu'eux , pousser jusqu'à la Lune : mais ils ne feront pas nos guides. D'un autre côté , nous ne pourrions employer ni l'une ni l'autre de ces deux machines , par des raisons que je vais dire.

Comme Cirano ne connoissoit pas le gaz inflam-mable , il a fallu que son Icosaèdre fût fait de forte qu'il vainquît la légéreté de l'air , & par sa propre légèreté & par la vélocité de son mouve-ment. On voit par-là combien il devoit être com-pliqué , combien aussi son tissu devoit être délicat ; aussi le choc le plus léger l'eût-il réduit en poudre & n'est-il arrivé à la Lune que par *miracle* , ainsi qu'il a eu la bonne foi de l'avouer à son retour ; l'I-cosaèdre est conséquemment trop dangereux. La vraie valeur exclut la témérité , & l'amour de la Pa-trie le mieux entendu est celui qui veut qu'on se conserve pour elle. La machine de l'Espagnol étoit simple & facile , un enfant l'eût menée ; sa caisse , armée des quatre pommes d'acier , devoit néces-

sairement suivre les deux boules d'aimant qu'il jet-
toit en l'air alternativement. Cependant un mau-
vais temps pouvoit la faire chavirer ; inconvénient
auquel il étoit facile de remédier , en mettant une
boule de plomb à chaque pied ; *mais on ne s'avise*
jamais de tout. Actuellement que nous nous en
avisons , ce seroit , sans doute , la voiture aërienne,
de toutes la plus simple , la plus sûre & la plus
commode ; mais l'exécution en est devenue impossible , parce qu'à Londres , où les pommes d'acier
avoient été faites, on a perdu ce dégré de perfection
que les Anglois avoient atteint. Le goût des Arts
abâtardi-là comme ailleurs , on a marchandé le
génie : à peine vouloit-on payer le charbon des
grands Artistes. De-là cette dégradation nécessaire
qui fait que , de l'aveu de toutes les Nations , on
vous donne par-tout actuellement *de la marchan-*
dise pour votre argent.

Quant aux Boules d'aimant , le fameux Chymiste Allemand, qui les avoit faites & qui s'y
étoit ruiné, n'ayant point été récompensé par
sa Patrie, suivit jusqu'à Séville l'Espagnol , qui
lui avoit promis du pain , & qui lui en donnoit
en effet. Mais celui-ci étant mort quelque tems
après , il tomba dans les mains de l'Inquisition, &
fut brûlé comme Sorcier, parce que son Protec-
teur lui avoit laissé cent mille réaux dont elle
s'empara, dans la crainte que ses héritiers mêmes
n'en fissent un usage profane , & contraire à leur
salut. Son secret mourut avec lui, & l'Inquisition ,
d'ailleurs si favorable aux mortels , ne peut nier
qu'elle n'ait eu tort au moins cette fois , en les
privant de ce secret admirable.

Je renvoye, pour le détail des Machines , à

Cirano, & pour la fin tragique du malheureux
Chymiste, à Dom Picaro de las Burlas y Tonterias,
y Quemandos, Religieux Dominicain, Agent
secret, Éditeur & Imprimeur du Saint-Office;
je n'avance rien que je ne cite mes garans.

Je retourne à mon Globe, auquel j'attache ma
Machine, que je puis appeller *mon Palais*. Deux
de mes Amis, l'un Architecte, l'autre Physicien,
se sont chargés, le premier de la distribution de
mes appartemens, le second de l'arrangement
de mes magasins; ils ne pouvoient manquer de
réussir, puisqu'ils ont travaillé de concert. Nos
Opéra n'en vaudroient-ils pas mieux, si le Poëte
& le Musicien en usoient de même?

Le tout compose une galerie régnant autour du
Globe, telle qu'on la voit dans le plan ci-joint.
Cette galerie, chargée également, contribuera
d'abord, par son poids, à tenir le Globe dans
son assiette verticale, & servira pour sa part mer-
veilleusement à diriger nos opérations.

Il ne s'agit donc plus que de nos approvision-
nemens; rien n'est si simple. Comme je ne parle
qu'à vous, Monsieur, & peut-être à quelques
Savans de votre connoissance, à qui vous com-
muniquerez ma lettre; comme aussi je ne veux
pas plus me fatiguer que vous ennuyer par des
détails minutieux, indignes de vous & de moi,
je vais vous croquer le tout en quatre coups de
crayon.

Quant au commestible pour nous & nos Gens,
c'est Avicène qui sera mon pourvoyeur; ses pillules me suffisent, & j'en trouve la recette dans
les Mille & une nuit, Histoire *véritable*, que le
Traducteur, soit par ignorance, soit par malice,
a intitulée, *Contes* Arabes, & au moins aussi digne

de foi que Cirano. Je vous prie, Monfieur, d'ob-
ferver que je puife toujours dans les meilleures
fources.

Une de ces pillules, qui pèfe un demi-gros,
& qui, comme la manne des Enfans d'Abraham,
a tous les goûts que l'on defire, non-feulement
fubftante fon homme, quelque ftrident que foit
fon appétit, pendant un mois & plus, mais encore
fature fa gourmandife, puifqu'elle a la vertu de le
faire ruminer comme le chameau ; ajoutons, & ce
n'eft pas un petit avantage, qu'elle le fait encore
reffembler au lapin, en le difpenfant de boire ; ce
qui nous difpenfe auffi du befoin de pratiquer une
citerne. Cette denrée, comme l'on voit, quelque
long que foit notre voyage, ne chargera pas beaucoup la voiture.

A l'égard de l'air que nous devons avoir par-tout,
tel que nous le refpirons ici, nous en embarque-
rons une centaine de tonneaux, cela ne tient pas
grand'place ; au pis aller, car je mets toujours tout
au pis, fi nous venons à en manquer, nous en
ferons. Eft-il plus difficile de condenfer l'air, que
de le raréfier ? Avec un muid d'air denfe, on fait
une pinte d'air rare ; donc avec un muid d'air rare,
dont je ne manquerai pas, à quelque degré que
je fois dans l'athmofphère, je ferai une pinte d'air
denfe : j'en démontrerai la facilité ; nous y revien-
drons. Nos provifions faites, & nos mefures fa-
gement concertées, nous voilà partis. Adieu,
Globe terreftre, jufqu'au revoir : mais nous avons
encore bien des mefures à prendre, car il ne faut
pas perdre la tête.

D'abord, fi dans notre route nous appercevons
des Éclipfes, fuyons-les. Souvenons-nous d'un
grand, d'un fublime Aftronome, qui, pour avoir

voulu en regarder une de trop près, en a perdu la
vue, & craignons de devenir aveugle comme lui.
Si nous rencontrons une Comète, ne l'injurions
point, & gardons-nous de lui dire avec le fufdit
fublime Philofophe, qu'elle nous pulverifera un
jour pour fon plaifir; car dire aux gens qu'ils font
méchans, c'eft les inviter à l'être. Abordons-la,
au contraire, refpectueufement, mais avec di-
gnité; érigeons-nous en Ambaffadeurs, & difons-
lui avec la franchife de notre nouveau caractère,
que nous fommes Députés du Globe fublunaire
vers la République des Comètes, pour lui faire
réparation de l'injure à elle faite par un individu
de notre efpèce, qui ne les a jugées méchantes,
que parce qu'il ne les connoiffoit pas, & qui a
pris leur méchanceté *fous fon bonnet*. Continuons
notre route. J'ai dit que nous condenferions l'air
à notre gré; j'ajoute à peu de frais, & je le
prouve.

Mettez cent hommes dans une cour qui puiffe
en contenir cent fois autant, n'eft-il pas vrai qu'ils
y feront à leur aife, *rares*, pour employer le terme
technique? Que d'une petite cour voifine, dont
la porte fera étroite, on leur crie que ceux qui y
entreront, auront chacun cent écus, c'eft à qui
entrera le premier. Ils fe prefferont à la porte, ils
s'y étoufferont: de rares qu'ils étoient dans la
grande cour, ils feront denfes à la petite porte,
& très-denfes. Il faudroit être bien bouché pour
ne pas fentir la juffeffe de ma comparaifon, &
ne pas voir qu'il en eft ainfi de l'air; mais pour les
efprits denfes, je vais m'expliquer.

J'ai dans l'intérieur de ma galerie des pompes
afpirantes, chacune defquelles eft adaptée à un
petit trou perçant au dehors, mais fermé hermé-

tiquement. Quand je veux faire ma provifion,
j'ouvre ces petits trous ; je fais jouer mes pompes ;
j'appelle l'air de l'extrêmité de l'horifon. Puifqu'il
n'en peut entrer une colonne qui ne foit fuivie
immédiatement d'une autre , & ainfi fucceffive-
ment , il faut bien que l'air fe denfifie pour paffer
par mes petits trous , comme mes hommes pour
paffer par ma petite porte. Ma provifion faite , je
bouche mes trous. Cela n'eft pas bien malin ; un
enfant l'entendroit. Cependant , comme dans une
affaire de cette importance , où il y va bien plus
encore de la gloire que de la vie , on ne fçauroit
prendre trop de précautions , je ne défens pas
qu'on embarque quelques uftenfiles de chymie.
Quant au feu , de tous les articles le plus effentiel ,
nous n'en avons pas befoin ; nous battrons le bri-
quet fur les parois du globe : il ne nous refufera
pas une étincelle.

Je foutiens à tous les Philofophes de l'Univers ,
que ce n'eft qu'avec de l'air de notre façon qu'on
peut entreprendre le voyage , & je répète que qui
le tenteroit autrement feroit un fou , & n'en re-
viendroit jamais. Qui ne voit que nageant fur la
furface de l'athmofphère , avec mon air condenfé
à volonté , j'irai haut & bas ; je tournerai à droite &
à gauche, en lâchant de mon air denfe par des écou-
tilles , au côté oppofé à celui où je voudrai aller.
Lorfque je voudrai defcendre , j'en lâcherai une affez grande quantité , pour que fa denfité lui faffe
prendre le deffous de ma machine : alors , pefant
fur un air plus léger , il faudra néceffairement
qu'il defcende , & ma machine avec lui ; je ferai
même obligé d'avoir des denfités différentes pour
les différens milieux que je traverferai en appro-
chant du globe de la terre. Il faudra , par exemple ,

quand je ferai au niveau des Cordilières, que j'employe l'air le plus denfe poffible, comme celui que l'on refpire à Paris, dans les rues Brifemiche, Tirechape, &c. & que l'on refpirera bientôt aux environs d'un de nos plus brillans Spectacles. Si nous fommes obligés de faire quelques ponctions à notre globe, pour diminuer fa légèreté, nous en uferons, mais avec beaucoup d'économie.

Je reprends ma route vers la Lune ; car je ne prétends pas avoir fait un voyage fi long & fi hafardeux, fans avoir vu quelque chofe de nouveau. Quand notre curiofité fera amplement fatisfaite & notre Journal rempli, nous prendrons congé de la Cour lunaire, & cinglerons vers ces bas lieux.

N'oublions pas, en partant, d'emporter votre phiole & la mienne, ainfi que celles de nombre de nos amis & *compatriotes*. Comme elles font fi légères, qu'il eft encore en queftion fi elles pèfent, nulle tempête, fi violente fut-elle, ne nous obligera de les jetter à *l'air*. Sur-tout, ne nous chargeons point de phioles Angloifes, ou Suiffes.

Lumières de l'homme, comment vous définir ? Je ronge mes ongles, je gratte mon front pendant des heures entières pour vaincre des difficultés où il n'y en a point ; je veux dire, defcendre de l'air auffi aifément que de mon *carroffe*. Rien de plus facile. Je lefte ma machine de poids fupérieurs à fa légèreté. Mais elle ne montera pas : ce n'eft pas mon affaire. M. de Montgolfier s'eft chargé de la faire monter ; je ne me charge que de la faire defcendre.

O futilité ! ô François qui te fais des hochets avec des charbons ardens ! Peux-tu plaifanter fur

des objets auffi graves ? Arrête , infenfé ! Si cette
machine dont tu prétends démontrer l'impoffi-
bilité par tes farcafmes étoit exécutable , dis ,
l'entreprendrois-tu ? Où feroit alors un afyle contre
les fruits de notre corruption en tout genre. Quelles
ferrures affureroient nos propriétés ; quelles tours
garantiroient l'honneur de nos filles ; quelles Ma-
réchauffées arrêteroient les meurtres & les bri-
gandages ? Je vois nos moiffons , & nos Villes
en feu , nos for. tereffes en ruines , nos flottes
embrafées , nos Rois tremblans ou écrafés au
milieu de cent mille bras armés pour les défendre...
Je ne vois plus qu'un remède à nos maux : il
faudra nous réduire à vivre fous terre comme les
Renards & les Blaireaux , avec cette différence
pourtant que ceux - ci laiffent leur porte ouverte ,
& que les nôtres ne pourront être trop hermétiquement fermées. La nature ne nous a donc pas
affez libéralement difpenfé nos maux ? Ceux
qu'elle ne nous a point donnés , nous les avons
faits ; aucun, heureufement , ne doit à la Nation
Françoife fon horrible exiftence ; nous fommes
légers , nous ne fommes point méchans. Nous
n'avons à nous reprocher ni machine infernale ,
ni poudre à canon , ni baïonnettes. Avec quelle
horreur Louis XV n'a-t-il pas rejetté , & le feu
inextinguible, & les verres *incendians* d'Archimède
& dans un tems où ils nous euffent été d'un grand
fecours contre un Ennemi redoutable , qui
peut - être eût été moins délicat ? Si les hommes
font jamais affez malheureux pour parvenir à
voyager dans les airs , à Dieu ne plaife , ô ma
Patrie ! que ce foit un François à qui l'on en doive
l'infernale découverte !

Les idées se succèdent dans un cerveau comme les flots dans un courant. Essayons de développer les miennes au profit de l'humanité.

Je crois avoir démontré qu'heureusement pour le genre humain un voyage de long cours avec l'Aërostatique étoit physiquement impossible. Je dis physiquement, & non moralement, parce qu'en effet en faisant des ponctions au Globe d'un côté pour en tirer de l'air rare, d'un autre côté d'autres ponctions pour y substituer de l'air dense, on pourroit....

Oui; j'avoue que si la Nature elle-même vouloit faire la Machine, & créer exprès des hommes assez adroits & assez intelligens pour suivre sous sa dictée toutes ses opérations, sans s'en écarter de la millieme partie d'un atôme, j'avoue, dis-je, qu'elle seroit possible, encore, encore... Eh, que d'encore....! N'est-il pas clair qu'en ne la concevant qu'ainsi (& l'on ne peut la concevoir autrement) on en conçoit en même-tems l'impossibilité?

Le voyage avec le gaz *libre*, démontré impossible, abandonnerons-nous pour cela la partie? Non. Etreignons-le & employons-le comme un Cerf-volant; j'y entrevois un ombre d'utilité.

Nous sommes sujets à des Epidémies fréquentes & dangereuses, souvent mortelles ; toutes nous viennent de l'air par une route quelconque. Ne seroit-il pas possible par le moyen du Gaz ou de plusieurs Gaz *assujettis*, d'enlever une Machine qui porteroit un Chimiste, un Savant, un Observateur enfin ? Cette Machine fermée hermétiquement emporteroit avec lui le même air qu'il respire ici bas ; conséquemment il pourroit y rester à quelque degré que ce fut, dans l'Atmosphère, trois & quatre heures, même davantage, & à certains fignaux convenus, on le retireroit à fa volonté. Cet Obfervateur, muni d'antidotes, (*) analyferoit l'air, en goûteroit, pour ainfi dire, les influences. Sur fon rapport ne pourroit-on pas en prévenir les effets, ou du moins en diminuer la malignité?

Ce même gaz *affujetti*, n'ouvre-t-il pas encore une nouvelle carrière à nos Phyficiens? De même que l'on diffipe une trombe ou des orages à coups de canon, ne pourroit-on pas venir au fecours de nos cloches, quelquefois fi meurtrières, en combattant la nue & la diffipant par une explofion quelconque avant qu'elle ait acquis fa maturité, & porté fes ravages dans nos campagnes? Je laiffe à la fage prévoyance du Gouvernement à perfectionner cet apperçu.

Je ne fais fi je me trompe, mais il me femble que par la facilité de voyager dans l'atmofphère, l'Electricité doit marcher à pas de géant vers fa perfection. Au refte, fi mes idées fe trouvoient fauffes, à tous égards, elles feroient toujours celles d'un honnête homme, d'un être qui n'ayant reçu que du mal des êtres de fon efpèce, ne leur a jamais voulu que du bien. Je finis par defirer que fi la Machine Aëroftatique ne peut être utile, au moins elle ne puiffe jamais nuire, & c'eft à-peuprès tout ce que l'on peut raifonnablement exiger des productions de l'efprit humain.

_____

(*) On fçait que les Médecins & les Confeffeurs s'arment de préfervatifs contre les épidémies.

F I N.

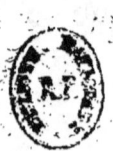

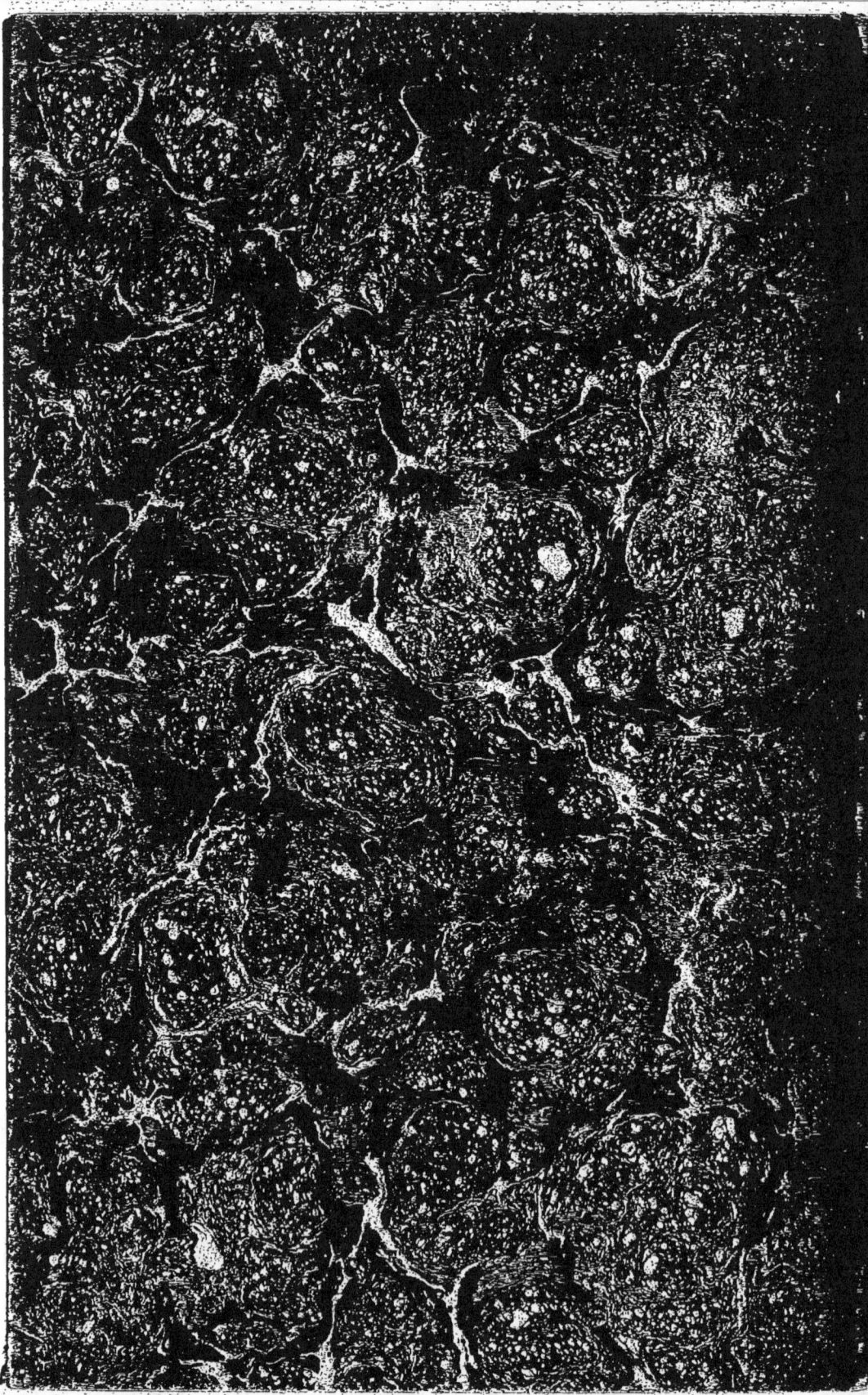